Nota para los padres y encargados:

Los libros de *Read-it!* Readers son para niños que se inician en el maravilloso camino de la lectura. Estos hermosos libros fomentan la adquisición de destrezas de lectura y el amor a los libros.

 El NIVEL MORADO presenta temas y objetos básicos con palabras de alta frecuencia y patrones de lenguaje sencillos.

 El NIVEL ROJO presenta temas conocidos con palabras comunes y oraciones de patrones repetitivos.

 El NIVEL AZUL presenta nuevas ideas con un vocabulario más amplio y una estructura gramatical más variada.

 El NIVEL AMARILLO presenta ideas más elevadas, un vocabulario extenso y una amplia variedad en la estructura de las oraciones.

 El NIVEL VERDE presenta ideas más complejas, un vocabulario más variado y estructuras del lenguaje más extensas.

 El NIVEL ANARANJADO presenta una amplia de ideas y conceptos con vocabulario más elevado y estructuras gramaticales complejas.

Al leerle un libro a su pequeño, hágalo con calma y pause a menudo para hablar acerca de las ilustraciones. Pídale que pase las páginas y que señale los dibujos y las palabras conocidas. No olvide volverle a leer los cuentos o las partes de los cuentos que más le gusten.

No hay una forma correcta o incorrecta de compartir un libro con los niños. Saque el tiempo para leer con su niña o niño y transmítale así el legado de la lectura.

Adria F. Klein, Ph.D.
Profesora emérita, California State University
San Bernardino, California

A mi hermanito Mike y su gran lamparilla roja—J. K.

Editor: Christianne Jones
Designer: Nathan Gassman
Page Production: Angela Kilmer
Creative Director: Keith Griffin
Editorial Director: Carol Jones
The illustrations in this book were created digitally.
Translation and page production: Spanish Educational Publishing, Ltd.
Spanish project management: Jennifer Gillis/Haw River Editorial

Picture Window Books
5115 Excelsior Boulevard
Suite 232
Minneapolis, MN 55416
877-845-8392
www.picturewindowbooks.com

Printed in the United States of America.

Library of Congress Cataloging-in-Publication Data
Kalz, Jill.
[Mike's nightlight. Spanish]
Luis y la lamparilla / por Jill Kalz ; ilustrado por Thomas Spence ; traducción,
Clara Lozano.
p. cm. — (Read-it! readers en español)
Summary: When Luis goes to bed at night, the images that his nightlight creates
on the walls of his room stimulate even more images in his mind.
ISBN-13: 978-1-4048-2704-2 (hardcover)
ISBN-10: 1-4048-2704-8 (hardcover)
[1. Imagination—Fiction. 2. Night—Fiction. 3. Bedtime—Fiction. 4. Spanish
language materials.] I. Spence, Tom, 1980- , ill. II. Lozano, Clara III. Title. IV. Series.

PZ73.K27 2006
[E]—dc22   2006006657

Luis
y la lamparilla

por Jill Kalz
ilustrado por Thomas Spence
Traducción: Clara Lozano

Con agradecimientos especiales a nuestras asesoras:

Adria F. Klein, Ph.D.
Profesora emérita, California State University
San Bernardino, California

Susan Kesselring, M.A.
Alfabetizadora
Rosemount-Apple Valley-Eagan (Minnesota) School District

PiCTURE WiNDOW BOOKS
Minneapolis, Minnesota

Luis duerme con una lamparilla.

Unas noches la
lamparilla parece
un solecito.

Luis ve jirafas y cebras
que juegan bajo el sol.

Unas noches la lamparilla parece

un tren.

Luis oye el silbato y el estruendo del tren.

Unas noches la
lamparilla parece
un dentista.

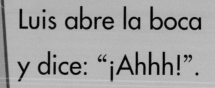

Luis abre la boca
y dice: "¡Ahhh!".

11

Unas noches la lamparilla
parece una fogata.

Luis huele los malvaviscos

que se queman en la fogata.

Esta noche la lamparilla centellea como una estrella.

Luis siente que flota
en el espacio.

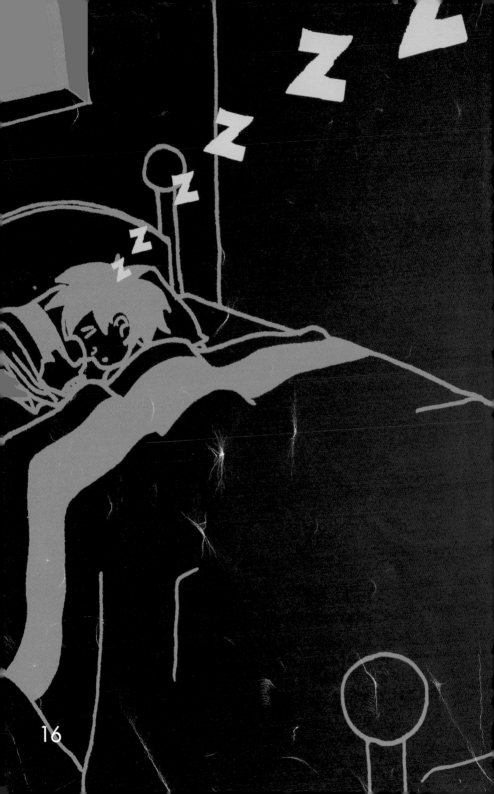

Shhh. Luis está dormido.

Pero en su sueño la lamparilla
sigue brillando.

18

Luis sueña que un dentista
conduce un tren lleno de cebras.

Las jirafas queman malvaviscos en la fogata.

Luis duerme con muchas lamparillas.

Cada una de ellas lo hace sonreír.

Más *Read-it!* Readers

Con ilustraciones vívidas y cuentos divertidos da gusto practicar la lectura. Busca más libros a tu nivel.

Campamento de ranas	1-4048-2682-3
Dani el dinosaurio	1-4048-2706-4
El gallo mandón	1-4048-2686-6
El mono malcriado	1-4048-2688-2
El salvavidas	1-4048-2702-1
En la playa	1-4048-2685-8
La cámara de Carlitos	1-4048-2701-3
La fiesta de Jacobo	1-4048-2683-1
Lili tiene gafas	1-4048-2708-0
Los osos pescan	1-4048-2696-3
Mimoso	1-4048-2710-2
¡Todo se recicla!	1-4048-2689-0

CUENTOS DE HADAS

Caperucita Roja	1-4048-2687-4
Los tres cerditos	1-4048-2684-X

¿Buscas un título o un nivel específico? La lista completa de *Read-it!* Readers está en nuestro Web site: *www.picturewindowbooks.com*